@infinity6ix

U0164412

誰動了
我的速可達

SAGEBOOKS
HONGKONG

https://ShaolinChinese.com.hk

時間：太古

地點：遠方⋯⋯星空⋯⋯

一個星睡下去了。

然後……

一個、一個…… 其他的十七個星也就都睡了。

星空、地球，都在等……

……等他們再醒過來。

TEDDY

體操高手

ā tè
阿 特

精通歷史

who's who

cún měi
存 美
美術天才

zhì yán
治 言
數理奇才

zhì shàng
治 尚
科學神童

時間線 TIMELINE

Teddy懷疑
治尚

Teddy的速可達
不見了

小毛球
大鬧蛋糕店

治尚遇見
黃道和忍者

治言
追蹤米藍

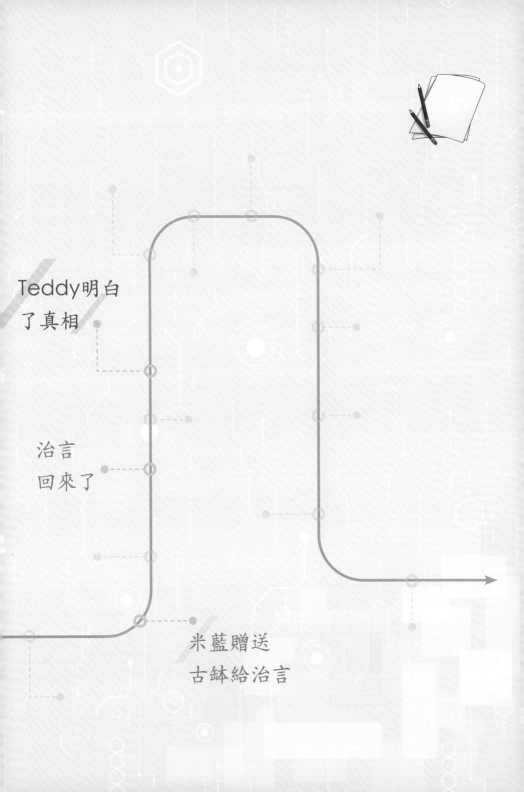

Teddy明白
了真相

治言
回來了

米藍贈送
古缽給治言

第壹章

Teddy 將速

可達停在補習

中心門口，走進

課室。

她一向會比

上課的時間早一點到，

從來都不急不忙。

Teddy 拿出紙、筆，
打開課本，等着老師來
上課。

今天她補
習的是數學。

數學對 Teddy 來說不是很難。可是她不喜歡自己學校的數學老師，所以就請媽媽讓她到補習班來。

　　老師開課沒多久，

課室門打開了。一個男同學走進來，輕輕說了一聲「對不起」，低下頭走到後面坐下了。

　　Teddy 看了那個同學一眼。

「我們又多了一個遲到家。」Teddy 心中好笑地想。

遲到的那個同學名叫存美。

存美的個子

高，喜歡坐到課室的後方。他平常很少和別的同學說話。

　　剛才他就是因為怕會遲到，所以還借了治言的速可達。結果還是

遲到了，他也沒辦法。

就在這時，課室門又打開了。

「對不起，老師。」這次進來的是雨奇，他笑着說，「學校的老師

放學晚了。」

數學老師笑他：「今

天的借口不一樣啊。」

　　同學們都笑起來
了。雨奇當作沒事一樣
地坐下。

　　存美從書包裏拿出
好幾枝不同色的筆，他

平常寫筆記都喜歡用不
同色的筆，這樣他看一
眼就能記住。

然後他又拿出課本。

就在他打開課本的
時候，一枝、兩枝，筆

從桌上滾下去了。

　　但是就在那兩枝筆
快要落到地上的時候，
忽然就在半空停住了。
存美彎下身，伸出手，
把兩枝筆都抓住了。

他不動聲色地把
筆放回桌上，坐直身
體，和大家一起聽老

師教課。

補習中心裏，每間
課室裏都只有老師教書
的聲音。同學們的眼睛
都看着前面。

誰也沒有看到在

外面的
街上，
治尚經
過，看
見了存美停在街口的治
言的速可達，借了去，
到南宋找草藥了。

第 貳 章

下課時，天色已經
黑起來了。

存美第一個走出補
習中心的門口。他馬上
就覺得有點意外：他剛
才明明把速可達停了在

街口，怎麼現在就在門口呢？是誰那麼好心幫他搬過來了？

這時，其他同學都一一走出來了，存美也就不多想，騎上速可達

便走了。

在課室裏，Teddy 和
其他同學一起在幫老師
收拾。大家把桌子椅子

都搬好，才有說有笑地
走出大門。

「我的速可達呢？」
Teddy 發現
自己的速可
達不見了，

「我明明就停放在門口的。」

雨奇說：「我最後一個到，我來的時候好像看見就停在街口⋯⋯」他想了想又說，「不

對，好像是在門口。」

　　會燕說：「我們一起幫忙找一下吧。」

　　同學們街頭街尾、前後左右都找了，連影子也沒找到。

會燕說：「要不要報警？」

　　其他同學都同意要報警。

　　可是 Teddy 說：「這不算是甚麼大事，不用

<ruby>報<rt>bào</rt></ruby><ruby>警<rt>jǐng</rt></ruby><ruby>了<rt>le</rt></ruby><ruby>吧<rt>ba</rt></ruby>。」

<ruby>雨<rt>yǔ</rt></ruby><ruby>奇<rt>qí</rt></ruby><ruby>說<rt>shuō</rt></ruby>：「<ruby>那<rt>nà</rt></ruby><ruby>最<rt>zuì</rt></ruby><ruby>少<rt>shǎo</rt></ruby>

也向老師報告一下？」

Teddy 自己不是很在意要不要向老師報告。她只是想不明白：只不過是小學生的速可達，有誰會偷呢？

但是對 Teddy 來說，這速可達是外婆送給她的，是外婆愛她的心意。要是真的被人偷了，她會感到很難過。

Teddy 看天都已經

全黑了，其中幾個同學
也已經走了。她想，現
在也沒辦法了，便對會
燕說：

「還好，我媽媽的
教室離這裏不遠，我可

以去找她。」

「那好。我們星期
四再見。」

第參章

Teddy

坐在學校的
課室裏。老
師在前面教
課，可是她
無心聽課。
她的心還在想昨天晚上

的事。

　　Teddy 實在想不明白，補習中心的同學，同班的也好、別班的也好，她都認識，一定不會是他們偷的。

她的速可達又不是新的，已經用了兩年多了，身上的傷也不少了，沒有道理會有人偷。

Teddy 聽見坐在她身後的阿特和治尚在輕

聲地笑。他們一定也無心上課，在手機上玩把戲。

放學了。Teddy 走出校門時，聽見治尚對阿特說：「我不等你了，明

tiān zài shuō ba
天再說吧。」

xià yì shí de wàng
Teddy 下意識地望

xiàng zhì shàng   kàn dào zhì shàng lí kāi
向治尚，看到治尚離開

的背影。

等等！那不是我的
速可達嗎？！

Teddy 不相信自己
的眼睛。但當她再看
時，治尚已經不見了。

第二天，Teddy 一
早就回到學校。她要
等治尚上學，向他問

明白。

　　同學們一個個都到
了，就是沒見到治尚
的影子。Teddy 越等，
心裏面就
越是生出

無名火氣。

　　終於，治尚來了。
可是今天由他爸爸開車
送他上學，他沒有騎速
可達。

　　「Teddy！」治尚看

見 Teddy，對她說早。

Teddy 心中有氣，理都不理他，回頭走向課室。

阿特走過來，指指 Teddy 的身影，問治尚：

「她怎麼啦？」

「不 知 道。女 孩
子……」

兩 個
人 說 說 笑
笑，也 走
進 課 室。

第肆章

Teddy

和可晴一
起 吃 午
飯。可晴

無意間說起學校裏最近
有好幾個人的東西被人
偷了。

「所以呀，大家都應該小心警覺。」可晴說。

Teddy 下意識地又想起治尚和她的速可達。難道自己的速可達

和其他同學的東西全部
都是治尚偷的？

　　她這幾天念念不忘
那天治尚的背影，騎着
她的速可達。

　　她好想念自己的速

可達啊。以前速可達在的時候她沒感覺，現在沒了，她去哪裏都不方便。

「你覺得治尚是個怎樣的人？」

「治尚？」可晴有點奇怪為甚麼 Teddy 忽然會問到治尚，「不就是數學很好，計算特別快，還會很多常識，比誰

都知得多。可
是，有一部分
同學不怎麼喜
歡他。」

「是不是覺得他不
老實？」

「也不是啦。」

可晴想了想，又說，

「他的人看來沒有甚麼

心計，也不怎麼愛出風

頭。就是自信太高、太

神氣了點吧。別忘記那

次他還要指正老師不對

的地方。」

　　「可是
你也別忘
了，那次你數學功課
計算不出來，還是他
教你的。」Teddy 說出

公道話。

「哈哈，這也是。」
可晴笑着說。

Teddy 其實不真的
認為全部的東西都是
治尚偷的。可是，她

很 相 信 偷 速 可 達 的 一
定 是 他 。

啊 ， 有 沒 有 甚 麼
好 計 ， 能
找 出 這 些
事 的 真 相
呢 ？

第伍章

又到了星期二。
Teddy 坐媽媽的車，先去了媽媽的教室，然後走路到補習中心。她看看時間，剛好，不會遲到。

她老遠就好像看見自己的速可達停在街口。她的心馬上歡跳起來。

可是，當她走近再看，就發現原來那不是

她的。

她站
在那裏打
量着那速可達一會，想
不明白。她對自己搖
了搖頭。

「算了吧，上課去。」

她收拾起心情，進去上課。

下了課，她和會燕一起走出中心。一出中心大門，她眼睛一亮。

速可達真的回來
啦！

她連跑帶跳地走過
去。真的是
她的速可
達！

「回來啦！回來啦！」她高興地拉着會燕，像一隻小鹿一樣跳個不停。

會燕也為她高興。

「過了一個星期這

麼久，忽然又會自己跑回來。太神奇了！」

存美從中心走出來，看見了 Teddy 和會燕的樣子。

「原來這速可達是

你們的？」他問。

「是我的。」Teddy
說。「上星期不見了，
現在又回來了。」

「對不起，」存美
馬上說。「上次是我不

小心拿了。」

「是你？」

就在這時，他們聽
見一個
女孩子
在後面

說：「存美，原來你的補習中心就在這裏？」

Teddy 回頭一看，治尚甚麼時候變成女孩啦？

「對。」存美對治

言說。「上次我把你借給我的速可達停在街口，後來你騎回去了？結果我將 Teddy 的速可達當成你的騎走了。」

「你……」Teddy

看着治言，「你長得和我的同學治尚一樣。」

治言笑了。「治尚是我的哥哥。」

Teddy 拍了一下頭。

「原來真的是我不對呢！我還說是治尚他偷了我的速可達。」

Teddy 又對治言說：「請你回去代我向他說對不起。他大人有大

量，別怪我了。」

　　「沒事。」治言笑
了，「他那麼小的個子，
算甚麼大人。」

　　　　「其實是我不好，
是我先拿了 Teddy 的速

可達。」存美一面說，一面從書包裏拿出一枝筆，對 Teddy 說，「我送一件小禮物給你，當是說對不起吧。」

「甚麼？不用啦。」
Teddy 早已經不怪存
美了。

存美也不多說。他
彎下身，在速可達身上
畫起來。

大家看着他的筆在飛舞，像變戲法一樣。一下子，速可達身上多了一隻小花鹿。

小花鹿看起來生動有神，滿身力量，笑

着、向着風在跳，好像
一不小心就真的會跳走
一樣。

存美對 Teddy 說：
「你給我的感覺就像一
頭小鹿，滿身都是動
力。」

「哇！太美了。」
Teddy 高興得忘情地一

把抱住存美，「謝謝你
啦。沒想到你畫畫還這

麼神呢。」

「……」存美感到難為情、不自在了。他一向不喜歡和別人太親近。

同學們一起在說說笑笑。

街燈亮起來了，照在速可達小花鹿的身上。

小花鹿的眼睛，閃着美麗的笑意。

然後，誰都沒看見，小鹿的嘴忽然動了

一下，笑着呢！

卷二　完

漢字少林 小故事

初次邂逅・速可達

. . . . . .

好像少了些甚麼

一些新相識的字

第一章

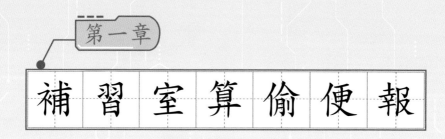

補 習 室 算 偷 便 報

第二章

警 意 收 其 遲 借

第三章

| 阿 | 特 | 無 | 實 | 理 | 識 |

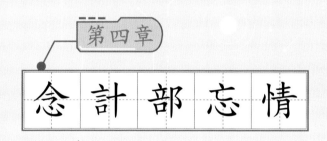

第四章

| 念 | 計 | 部 | 忘 | 情 |

第五章

| 量 | 鹿 | 存 | 神 |

Created and written by
劉俐 Lucia L Lau

ISBN: 978-988-8517-81-7

@infinity6ix

2022年12月 第一版
思展圖書：香港荃灣海盛路11號 One Midtown 9 樓15 室
First edition, December 2022
Sagebooks Hongkong: Room 15, 9/F, One Midtown, 11 Hoi Shing Road,
Tsuen Wan, Hong Kong.
https://sagebookshk.com